Merci à nos grands dessinateurs de
pigeons : Arthur, Charlotte et Valentin.

ISBN 978-2-7002-3060-4 • ISSN 1142-8252

© RAGEOT-ÉDITEUR – Paris, 2004.

L'école d'Agathe

Texte de Pakita
Images de J.-P. Chabot

Alice
et son pigeon
voyageur

RAGEOT•ÉDITEUR

Vous connaissez Alice ?

C'est la fille de madame Pikili, la maîtresse des CE2/CM1.

Comme sa maman est maîtresse, Alice travaille **à l'école,** joue **à l'école** et habite **à l'école !**

C'est bien parce qu'elle n'arrive jamais en retard le matin. Mais c'est ennuyeux parce que, dès qu'elle fait une **bêtise,** sa mère le sait tout de suite ! Et elle est punie double !

Le pire, c'est qu'elle sera dans la classe de sa maman l'année prochaine !

– Je ne sais vraiment pas comment je vais l'appeler ! Si je l'appelle **maman,** ça fera bébé, et si je l'appelle **maîtresse,** ça fera bizarre, c'est quand même ma **maman** !

Louise lui a conseillé :

– À ta place, je ne l'appellerais pas. Je lèverais le doigt et puis j'attendrais qu'elle m'interroge.

– Bonne idée ! a dit Alice.

Alice est très jolie. Elle a plein de cheveux. Ils sont blonds, **longs** et ils **frisent.** Quand elle écrit, ils tombent sur son cahier ! Ça fait super ! Elle a aussi des grands yeux couleur **noisette** et moi, j'adore les **noisettes** !

Les garçons sont tous amoureux d'elle, mais manque de chance pour eux, Alice préfère Tim !

Oh mais j'y pense… vous savez qui est Tim ?

Vous croyez que c'est un garçon de l'école ? Eh bien non ! C'est un pigeon !

Mais attention ! Pas n'importe quel pigeon ! Un pigeon voyageur qui revient toujours à son pigeonnier (c'est le nom de sa maison) même si on l'emmène à mille kilomètres de chez lui !

Toute la classe connaît Tim. Il a une tache blanche au-dessus de son **bec.**

On aime bien quand il se pose sur le rebord de la fenêtre de la classe. Il donne des petits coups de **bec** contre le carreau et nous, on lui fait des signes pour lui dire bonjour.

Des fois, quand je m'ennuie, j'imagine que je **m'envole** sur son dos.

Le **pigeonnier** de Tim se trouve derrière la cour.

C'est une maison ronde comme un moulin, mais plus petite avec des mini-fenêtres. Des *colombes* vivent avec lui.

Je trouve qu'un **pigeonnier** de *pigeon,* c'est plus joli qu'une niche de chien.

Un jour, Alice a fait un exposé pour toute la classe sur les pigeons voyageurs. On a appris plein de choses sur eux.

– D'abord, il faut faire attention à leur santé si on veut qu'ils reviennent à leur pigeonnier, nous a expliqué Alice. Il faut leur donner des graines mais pas trop et mettre toujours de l'eau dans leur abreuvoir avec un peu de sel.

Et elle a continué :

– Quand on les emmène quelque part, il faut les installer dans un **panier** en osier, pas dans une cage en fer, ça les empêche de se repérer.

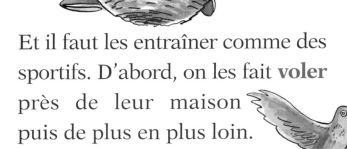

Et il faut les entraîner comme des sportifs. D'abord, on les fait **voler** près de leur maison puis de plus en plus loin.

15

– Pourquoi Tim a une bague à chaque patte ? a demandé Lucas.

– Sur une bague, il y a son matricule, c'est comme un numéro de naissance, et, sur l'autre, il y a mon adresse au cas où il se perdrait, a dit Alice.

Alors Lucas a ajouté :

– C'est comme le collier de Rick, mon chien.

Lundi matin, quand Alice est arrivée dans la cour, elle était très excitée.

– Ce week-end, je suis allée chez tonton Daniel. Il habite très loin et j'ai emmené Tim dans son panier. Il est resté là-bas. Mon tonton le lâche ce matin, Tim devrait arriver cet après-midi ! Surveillez la fenêtre, je suis sûre qu'il viendra nous dire bonjour !

Le matin, on a bien travaillé en classe mais, l'après-midi, on n'arrêtait pas de regarder dehors.

– Qu'avez-vous donc tous ? nous a demandé la maîtresse. Il se passe des choses plus importantes dans le **ciel** qu'au tableau, c'est ça ?

Alice a répondu :

– On attend le retour de Tim. Il fait son premier **grand voyage.**

– Tim est peut-être fatigué et il se repose un moment avant de repartir, a dit madame Parmentier.

On était trop inquiets et elle l'a bien vu.

– Bon, allons voir au **pigeonnier** si Tim est rentré.

– Vive la maîtresse ! on a crié.

Mais Tim n'était pas dans le **pigeonnier** et, bientôt, la sonnerie a retenti.

À la maison, avant de dormir, je n'ai pas arrêté de penser à Alice et Tim.

La nuit, j'ai fait un horrible cauchemar. Tim était sur une branche d'arbre et des chasseurs le visaient avec un fusil. Tim criait :

– Au secours Agathe !

Mais moi, je ne pouvais pas l'aider car mes parents ne veulent pas que je sorte la **nuit** !

Le matin, je suis arrivée en avance à l'école. Alice était assise sur un banc, l'air triste : Tim n'était pas rentré. Louise s'est approchée et elle a demandé :

– Tim n'est toujours pas là ? Peut-être qu'il s'est marié en chemin avec une pigeonne.

Ça n'a pas fait rire Alice.

Toute la classe était triste même madame Parmentier.

Alice nous a dit :

– Papa a téléphoné à la météo, il y a eu un gros orage sur la route de Tim.

– Ça veut dire qu'il s'est mis à l'abri ! a crié Zoé.

– Non, lui a répondu Alice. Ça veut dire qu'il s'est perdu.

Et Alice nous a expliqué :

– Pour retrouver leur pigeonnier, les pigeons voyageurs doivent voler par beau temps. Sans ça, ils risquent de se perdre.

– Pauvre Tim ! J'espère qu'il n'est pas tout seul dans la forêt, a dit Zizette.

– Et si un **loup** l'avait mangé ? a ajouté Lucas.

À ce moment-là, madame Pikili est entrée comme une **fusée** dans la classe, sans frapper.

– Je viens de recevoir un coup de téléphone d'une école à cent kilomètres d'ici. Les élèves ont retrouvé Tim et il va bien !

On s'est levés et on a crié **Hourra !** de toutes nos forces.

24

Alice a sauté dans les bras de sa maman qui nous a raconté :

– Figurez-vous que Tim s'est posé sur le rebord de la fenêtre d'une classe. Quand les enfants ont ouvert, Tim n'a pas bougé. Il avait l'air très fatigué, alors ils lui ont donné des **grains de blé** et un peu d'**eau.** Et puis ils ont remarqué ses **bagues** et prévenu la directrice. Elle a mis Tim dans un panier. Il nous attend !

À la sortie de l'école, madame Pikili et Alice sont parties en voiture chercher Tim.

Et ce matin, une lettre **géante** avec plein de **dessins** nous attendait sur le bureau de la maîtresse.

Bonjour,

Nous sommes les enfants qui ont sauvé Tim. Il est très joli, on l'a dessiné. Est-ce que vous êtes d'accord pour correspondre avec nous ? Nous vous invitons aussi à passer une journée dans notre école, on jouera ensemble. Tim peut venir avec vous et il rentrera tout seul.

À bientôt !

mattea
Solène   Jenifer
Guillaume   Sophie   Emma   Paul
Aurélie   mehdi   Romane
Marc   Julien   tiphaine
Baptiste

À la récré, Tom a demandé à Alice :

– Pourquoi tu as appelé ton pigeon Tim et pas Tom comme moi ?

– Parce que tu n'es pas mon amoureux !

– Tu parles, t'as même pas d'amoureux ! a dit Audrey.

– Si, j'en ai un, mais il habite loin. Grâce à Tim, un jour, on s'enverra des messages d'amour, a répondu Alice avec un air de mystère.

Oh là là, il est tard ! Mais c'est génial : on a plein de nouveaux amis ! C'est drôle, on dirait que des fois un malheur peut se transformer en bonheur. Tant mieux !

⭐ Bonne nuit Marc, Emma, Aurélie, Solène, Mehdi et les autres… ⭐ Bonne nuit Alice et Tim.

Achevé d'imprimer en France en février 2009
par I. M. E. - 25110 Baume-Les-Dames
Dépôt légal : mars 2009
N° d'édition : 4888 - 05